# Courage Nako! 1

Aya Nakahara

VOUS POUVEZ ...
MAINTENANT EMBRASSER LA MARIÉE
PAS SI VITE !!
VLAF

NACOROBIN
COURAGE Nako!

POUR ÊTRE HEUREUX ...
IL NE SUFFIT PAS D'ATTENDRE ...
NA...
NAKO ?!
COURS !!
D'AC-CORD !
TAN
BROUHAHA
OUI, COURS !
MAIS QU'EST-CE QUE C'EST QUE CE BORDEL ?!

GRAND HOTEL
VOYONS, C'EST TOUT DE MÊME LE MARIAGE DE VOTRE FRÈRE
JE T'AI DÉJÀ DIT QUE J'IRAI PAS À CETTE CÉRÉMONIE !
ALORS LÂCHE-MOI !!
J'EN AI RIEN À FOUTRE, PIGÉ ?!
TAP TAP TAP
BAM !
AÏE !
TU POURRAIS REGARDER DEVANT TOI, ESPÈCE DE ...
AH ...
DÉSOLÉE !

Haa
KONATSU ...
FRANGIN ?
C'EST TON PETIT FRÈRE ?
DÉ-SOLÉ !
JE T'APPELLE PLUS TARD
ALLONS-Y, NAKO !
OUI !
HEIN ?! MAIS ...
IL FAUT COURIR ...
VERS LE BONHEUR !

VERS LE BONHEUR ...
MAIS OÙ EST-IL ?
Haa
Haa
Haa
Haa
TU ÉTAIS INQUIÈTE ?
PAS DU TOUT
GR...
GRANDE SŒUR !!
Haa
Haa
Haa
OUI, NAKO ?
'FAUT VITE QUE VOUS PARTIEZ ! VOUS VOUS BÉCOTEREZ PLUS TARD !
Haa
Haa
C'EST VRAI
MERCI INFINIMENT NAKO !
Haa
Y A PAS DE QUOI ...
Haa
Haa

TAGAN
AUJOURD'HUI...
MA SŒUR S'EST ENFUIE...
AVEC LE FILS D'UNE FAMILLE TRÈS RICHE QUI LUI IMPOSAIT UN MARIAGE ARRANGÉ
FOUAH !
J'SUIS MORTE !
JE TROUVE ÇA SUPER ROMANTIQUE !
JE VOUS SOUHAITE D'ÊTRE HEUREUX
IL A DONC UN PETIT FRÈRE...
C'EST LA PREMIÈRE FOIS QUE JE LE VOIS
CHEZ YOSHINO

ALORS NAKO, C'EST TOI QUI ES ALLÉE LE CHERCHER PENDANT LA CÉRÉMONIE ?
ha ha ha
OUI, MA SŒUR N'AURAIT PAS OSÉ LE FAIRE
ELLE A VRAIMENT DU CRAN MA PETITE NAKO !
À TA PLACE, JE ME TAIRAI ...
JE TE RAPPELLE QUE C'EST TOI QUI LEUR AS PROPOSÉ DE S'ENFUIR
HA HA HA ! VRAIMENT ?
ET UN PORC MARINÉ !
AH, AU FAIT ...
J'AI CROISÉ SON PETIT FRÈRE !
AH OUI, LE PETIT KONATSU
TU LE CONNAIS ?!
OUI, IL A TON ÂGE ET IL VA ALLER DANS LE MÊME LYCÉE QUE TOI
SANS BLAGUE ?!
TU N'AS PLUS QU'À T'ENFUIR AUSSI AVEC LUI !
HA HA HA, TROP FORT !

MAIS NON VOYONS ! NAKO EST AMOUREUSE DU GRAND FRÈRE ...
MALHEU-REUSEMENT, C'EST SA SŒUR QUI L'A EU
C'EST VRAI, NAKO ?
MAIS ...
TACLAC
MAIS QU'EST-CE QUE TU RA-CONTES ?!
BEN C'EST LA VÉRITÉ, N'EST-CE PAS ?
TOI, RIEN NE T'ARRÊTE ?!
COURAGE NAKO !
...
FAIS-NOUS L'IMITATION QUE TU FAIS TOUT LE TEMPS !
CELLE DE "COU-RAGE" !!
COU...
"AVEC DU COURAGE, ON EST CAPABLE DE TOUT" !!
OUAHAHAHAHA
NAKO YOSHINO, QUINZE ANS

Mais euh !!
Ha ha ha !
DÈS DEMAIN, JE SERAI LYCÉENNE ...
"AVEC DU COURAGE, ON EST CAPABLE DE TOUT" !!
ENFIN ...
EN THÉORIE ...
MOUAIS ...
AAAARGH ...
EH BAH, ÇA COMMENCE BIEN
QU'EST-CE QUI RESTERA DE TOI SI ON T'ENLÈVE TA JOIE DE VIVRE ?
UNE CROTTE !
EXACTEMENT !
ALLEZ !!
"AVEC DU COURAGE, ON EST CA...
FRANCHEMENT, TU DEVRAIS ARRÊTER AVEC ÇA, TU LE FAIS TROP MAL EN PLUS
T'es lourde

OH, ON EST DANS LA MÊME CLASSE, PEG
ÇA N'A PAS L'AIR DE TE RÉJOUIR
MAIS SI, JE SUIS CONTENTE ...
J'ESPÈRE QU'IL SE PASSERA DE BONNES CHOSES
QUOI ?! RÉPÈTE UN PEU POUR VOIR !!
BLA BLA
QU'EST-CE QUE C'EST ?
UNE BAGARRE ?
BLA BLA
C'EST TOI QUI M'ES RENTRÉ DEDANS, JE TE SIGNALE !
OUH LÀ ! TU ME CHERCHES OU JE RÊVE ?!
BLA BLA
JE VOIS RIEN

C'EST PLUTÔT TOI QUI ME CHER-CHES !
AH !

TOI ...
BAAF
OUPS ...
EH BAH ...
INFIRMERIE
KONATSU ...
ÇA VA ?
...

JE VOIS PAS POURQUOI TU T'INQUIÈTES POUR MOI !
HEIN ?
DEPUIS QUE T'AS FOUTU EN L'AIR LE MARIAGE DE MON FRÈRE ...
RIEN NE VA PLUS CHEZ MOI !
SÉRIEUX ?
"SÉRIEUX" ?!
T'AS CRU QUE ÇA AL-LAIT ÊTRE UNE BONNE CHOSE POUR NOUS ?!
EUH ...
LES PARENTS DE LA FIAN-CÉE DE MON FRÈRE SONT VENUS SE PLAINDRE CHEZ NOUS ...
ET MES PARENTS, VA SAVOIR POURQUOI, S'EN PREN-NENT À MOI MAINTENANT !
MAIS C'EST TERRIBLE !
TOUT ÇA PAR TA FAUTE ...
EUH, MAIS ...
EN TOUT CAS, TON FRÈRE EST HEUREUX MAINTENANT

JE L'AI EU AU TÉLÉ-PHONE ...
IL S'EST ENFUI AVEC TA SŒUR, N'EST-CE PAS ?
OUI
DÉSORMAIS, SA VIE EST COMPLÈTEMENT FOUTUE
...
S'IL S'ÉTAIT MARIÉ AVEC LA FILLE DE CE CÉLÈBRE GROUPE, SA VIE SE SERAIT DÉROULÉE SANS ENCOMBRE
HEIN ?
MAIS ...
AU LIEU DE ÇA, IL A CHOISI LA FILLE D'UN RESTO MITEUX ...
TU PARLES D'UN GÂCHIS !

PAS VRAI ?
SBLAM
Haaa
EH MAIS ...
ÇA VA PAS ?!
BOM
!

*LES PERSONNES CHAUVES SONT MAL VUES AU JAPON.

RAAAH !
MAIS C'EST QUOI CE MEC ?!
QUOI ?! ON EST DANS LA MÊME CLASSE EN PLUS ?!
IDIOT IDIOT IDIOT !!
EXCUSEZ-MOI, NAKO ...
HEIN ?! TU PEUX ME TU-TOYER, TU SAIS !
D'accord
EST-CE QUE TU ES UNE AMIE DE KONATSU HAYAMI ?
AH NON ! CERTAINE-MENT PAS !!
TU FERAIS MIEUX DE L'ÉVITER ...
HEIN ?

OUI. AU COLLÈGE, IL AVAIT LES CHEVEUX DÉCOLORÉS ET LES SOURCILS RASÉS
C'ÉTAIT UN DÉLIN-QUANT ?
TOUT À FAIT
IL AVAIT CASSÉ TOUTES LES VITRES DE SA CLASSE ET S'ÉTAIT ENFUI AVEC UN SCOOTER VOLÉ
VROUM
OH, LE CLICHÉ !
MAIS COMME TU LE SAIS, C'EST LE FILS DE LA FAMILLE HAYAMI, DU GROUPE HAYAMI
OUI
Je sais
ALORS, TOUTES CES HISTOIRES ONT ÉTÉ ÉTOUFFÉES AVEC DES POTS-DE-VIN
IL VAUT DONC MIEUX QUE TU FASSES ATTENTION À NE PAS AVOIR D'ENNUIS AVEC LUI ...
EH ! LE TROUPEAU DE MOCHETÉS ! DÉGAGEZ !!
KYAAA !
Où ça ?
C'EST DE TOI DONT JE PARLAIS !!
...
QUOI ? TU VEUX TE BATTRE ?!

BSS
BAF
AÏÏ...
J'SUIS PAS LA FILLE D'UN RESTO MITEUX !!
...
Z YOSHINO
TU VAS VOIR ...
ES-PÈ-CE DE ...

"NAKO ...
JE TE PRÉSENTE HARU"
"IL PARAÎT QUE C'EST LE FILS D'UNE FAMILLE TRÈS RICHE !"
"MAIS POURQUOI TU VIENS DANS NOTRE PETIT RESTAURANT, ALORS ?"
"NAKO ...
HARU M'A FAIT UNE DÉCLARATION D'AMOUR"
"JE SUIS PERDUE"
"IL DOIT SE MARIER ...
AVEC UNE AUTRE"
"LA FILLE D'UN RESTO MITEUX"
GRRR

Ha ha ha
Ha ha ha
BAM !
DUEL !
Cet apré-midi, je t'atend devan l'ékolle.
Hayomi Konatsu
Salut !
JE NE LUI PARDONNERAI JAMAIS ...
IL PARLE SANS RIEN SAVOIR !
TAP TAP TAP
...
BROUHAHA
BROUHAHA
C'EST BIEN L'ŒUVRE D'UN IDIOT, ÇA
BROUHAHA
IL ARRIVE MÊME À FAIRE UNE FAUTE DANS SON NOM ... C'EST FORT ...
driiiing driiiing

1

Bonjour,
je m'appelle
Aya Nakahara !
Merci d'avoir
choisi ce manga.

Miaou

Il s'agit donc du
premier tome de
cette nouvelle série.

Ouaf

Je suppose
qu'il y en a
beaucoup parmi
vous qui ne
me connaissent
pas encore.
C'est pourquoi
je vais me
présenter dans
ces petits bonus.

Meuh

Quoi ?!
C'est une vache, ça ?!
Allez, un petit effort
s'il vous plaît !
Il y a une limite
tout de même !

QUOI ?
JE NE VOIS PAS POURQUOI JE DEVRAIS M'EXCUSER
TU PLAISANTES ?!
JE TE SIGNALE QUE MA SŒUR ET TON FRÈRE SONT AMOUREUX L'UN DE L'AUTRE !
BEUAH, ME PARLE PAS D'AMOUR !!
TON PROBLÈME ...
C'EST QUE TU N'AS JAMAIS ÉTÉ AMOUREUX ! C'EST POUR ÇA QUE TU RÉAGIS COMME UN IDIOT !!
...
ET PUIS ...

MA SŒUR N'Y EST POUR RIEN ...
C'EST TON FRÈRE QUI A EU LE COUP DE FOUDRE POUR ELLE
POURTANT, C'EST MOI QUI L'AVAIS REMARQUÉ EN PREMIER ...
ET QUI PRENAIS SES COMMANDES
MAIS MOI ... RIEN DU TOUT ...
EH, LA GROSSE ! ELLE EST EN PLEIN DÉLIRE, LÀ !
...
NOM NOM NOM
LA GROSSE !!
"BONJOUR NAKO !"
"C'EST UN CADEAU"
"POUR MOI ?!"
"AU FAIT HARU, EST-CE QUE TU ES LIBRE LE WEEK-END PROCHAIN..."
"NAKO ...
EST-CE QUE TU SAIS SI TA SŒUR ...
A UN AMOUREUX ?"
C'EST VRAIMENT ...
C'EST VRAIMENT TROP INJUSTE ...
?!

OUIIIIN !
HEIN ?!
MAIS …
EH !
HAAAN
IL L'A FAIT PLEURER ! IL L'A FAIT PLEURER !
QUOI ?!
ESPÈCE D'OBÈSE …
C'EST UN MACHO, IL N'ÉTAIT INTÉRES-SÉ QUE PAR SON CORPS !!
ÇA, C'EST BIEN LES RICHES !!
MAIS TAIS-TOI, LA GROSSE !!
ET EN PLUS, IL SORT AVEC TROIS FILLES EN MÊME TEMPS !!
OUAH
Bouh ouh ouh
!!
OUIIIN !
MAIS !
OUIIIIN !
Psst
Psst
Psst

Psst
'PARAÎT QUE KONATSU HAYAMI A HUIT PETITES COPINES
Ça augmente
SON OBJECTIF EST DE SORTIR AVEC CENT FILLES DU LYCÉE
Psst
SA TECHNI-QUE EST D'ÉPARPILLER DE L'ARGENT POUR ATTIRER LES FILLES QUI LE RA-MASSENT
MOI, ON M'A DIT QU'IL FRAPPAIT LES FILLES AVEC DES LIASSES DE BILLETS
Psst
La-men-table
QUEL MINABLE !
ÇA FAIT PEUR, LES RUMEURS
TU VAS DEVOIR VIVRE AVEC LA CULPABILITÉ D'AVOIR TRAITÉ UNE FILLE D'OBÈSE
BANDE DE ...
JE VEUX PLUS JAMAIS VOUS VOIR !
TAIS-TOI, SALE MOCHETÉ !
C'EST TOI QUI AVAIS PROPOSÉ UN DUEL !
HUMPF

"OBÈSE" ... "MOCHETÉ" ...
IL VA ARRÊTER DE SE COMPORTER COMME UN SALE GOSSE ?!
JE SUIS RENTRÉE ...
CHUT !
... AINSI, LE PROJET D'UNION DU GROUPE HAYAMI ÉCHOUE ...
ENTRAÎNANT LA FAILLITE DE CE DERNIER
HM ?
HEIN ?
"LE GROUPE HAYAMI" ... ÇA ME DIT QUELQUE CHOSE ...
IL APPARTIENT À LA FAMILLE DE HARU ET DU PETIT KONATSU !

OH !
POUVEZ-VOUS NOUS EXPLIQUER LES RAISONS DE CET ÉCHEC ?
OUI
GROUPE HAYAMI
HAYAMI
HAYAMI HÔTELS
EN RÉALITÉ, LE FILS AÎNÉ DE LA FAMILLE, M. HARUKI ...
AVAIT PRÉVU D'ÉPOUSER LA FILLE DU GROUPE AVEC LEQUEL LE GROUPE HAYAMI DEVAIT FUSIONNER
MAIS MALHEUREUSEMENT, CE MARIAGE N'A PAS EU LIEU
POUVONS-NOUS DONC CONCLURE QUE L'ANNULATION DE CE MARIAGE EST À L'ORIGINE DE LA FAILLITE DU GROUPE ?
JE PENSE QUE OUI
QUOI ?!
ÇA VEUT DIRE QU'À CAUSE DE NOUS ...
ILS ONT FAIT FAILLITE ...
HEIN ?!
driiinnng

BLA BLA
Non, pas possible ?!
Comment ça ?
Mais si !
...
EUH ...
QU'EST-CE ... QUI SE PASSE AVEC TA FAMILLE ?
J'SAIS PAS
COM-MENT ÇA, TU SAIS PAS ?
C'EST DE TA FAUTE, NON ?
BEN ...
C'EST ...
DE TA FAUTE !

IL ...
IL N'A PAS TORT ...
JUSQU'À MAINTENANT, TU FAISAIS TOUT CE QUE TU VOULAIS ...
TOUT ÇA PARCE QUE TU ÉTAIS RICHE
CHUT, IL T'EN-TEND ...
TU NE RÉCOLTES QUE CE QUE TU AS SEMÉ
JE LE SAIS BIEN
BAM
QUOI ?! RÉPÈTE UN PEU CE QUE TU VIENS DE DIRE ?!
AT-TENDS ...

OUI ...
DEPUIS ...
DEPUIS QUE TU M'AS SURNOMMÉ "L'INTELLO À LA RAIE SUR LE CÔTÉ" AU COLLÈGE ...
TOUT LE MONDE M'APPELLE "RAIE SUR LE CÔTÉ" !!
C'EST PAS MON PROBLÈME !!
ET PUIS ...
LORSQU'IL Y AVAIT DES EXAMENS IMPORTANTS, TU N'ARRÊTAIS PAS DE FAIRE DES HISTOIRES ...
ET LES COURS ONT ÉTÉ SUSPENDUS PLEIN DE FOIS
JE VOUS DIS QUE J'EN SAIS RIEN, D'ACCORD ?!
SIX FOIS SEPT ?!
C'EST CINQUANTE-HUIT, JE VOUS DIS !!
À CAUSE DE TOI ...
J'AI RATÉ MES EXAMENS !
ET C'EST POUR ÇA QUE J'AI ATTERRI DANS CE LYCÉE MINABLE ...
ET EN QUOI C'EST DE MA FAUTE ?!
J'ÉTAIS PAS LE SEUL À LE PENSER !!
...
MAIS TOI, TU T'EN MOQUAIS

TU N'AVAIS PAS BESOIN DE PASSER LES CONCOURS...
PUISQU'IL TE SUFFISAIT DE PAYER
...
SAF
GNN
UH...

Silence
BANG!
BANG!
BLANG!
BONG!

Qu'est-ce qui s'est passé ?
driiinnnng
Au revoir
Tchao

...
TU NE RENTRES PAS CHEZ TOI ?
...
ON M'A APPELÉ POUR ME DIRE DE NE PAS RENTRER
POURQUOI ?
MA MAISON EST ENCERCLÉE PAR LES JOURNALISTES. ON NE PEUT PLUS NI Y ENTRER, NI EN SORTIR
...
QU'EST-CE QUE TU COMPTES FAIRE ALORS ?
...

TU AS DES AMIS ?
NON
JE M'EN DOUTAIS...
OH ! ÇA VA, HEIN !
TU VEUX VENIR CHEZ MOI ?
C'EST MIEUX QUE DE RESTER PLANTÉ LÀ À RIEN FAIRE
ET PUIS, ON POURRA TE SERVIR QUELQUE CHOSE À MANGER

EN FAIT ...
JE ME SENS UN PEU RESPONSABLE ...
PAS POSSIBLE !

BON, C'EST OÙ ...
CHEZ TOI ?
C'EST PARCE QUE ...

... TU ...
AS L'AIR TELLEMENT SEUL
ATTENDS, 'FAUT QUE J'AILLE CHERCHER MON VÉLO
AH OUAIS ? T'ES À VÉLO ?!
ALLEZ, ENTRE !
ME POUSSE PAS !
OH ! BONJOUR KONATSU !
BIENVENUE !
BONJOUR BONJOUR ! JE SUIS VENUE AVEC KONATSU !
IL PARAÎT QUE TU ES DANS LA MÊME CLAS-SE QUE NAKO ?
EUH, OUI ...
TIENS, ASSIEDS-TOI ICI

* *MANEKI-NEKO* : STATUETTE DE CHAT PORTE-BONHEUR QU'ON TROUVE RÉGULIÈREMENT À L'ENTRÉE DES COMMERCES.

OUI, IL S'ASSEYAIT TOUJOURS À CETTE PLACE !
D'ICI, IL POUVAIT MIEUX VOIR MA SŒUR QUI ÉTAIT EN CUISINE
BOUH, ÇA CRAINT ...
ET MÊME QU'IL ÉTAIT TOUT CRISPÉ, COMME ÇA, AVEC LES BRAS BIEN RAIDES
“UN MENU PO... PO... PORC MARINÉ ...
S'I... S'I... S'IL VOUS PLAÎT”
COMME ÇA ...
MUAH HA !
TU L'IMITES TROP BIEN !
HEIN ?

AH !
IL EST …
PLUTÔT MIGNON QUAND IL RIT
…
EN TOUT CAS …
JE NE SAIS MÊME PAS À QUOI RES-SEMBLE TA SŒUR …
MAIS LA CUISINE EST BONNE …
ET T'AS PAS ENCORE TOUT VU !

TIENS, VOICI UN VERRE D'EAU
SACHE QUE JE SUIS VRAIMENT DÉSOLÉE, KONATSU ...
HEIN ?
TA FAMILLE A DES PROBLÈMES ...
À CAUSE DE NOTRE FILLE AÎNÉE
MAIS RASSURE-TOI !
JE COMPTE BIEN PRENDRE MES RESPONSABILITÉS !
ET COMMENT TU VAS FAIRE ?
EH BIEN ...
VOUS N'ÊTES PAS AU COURANT ?
À PARTIR DE MAINTENANT, KONATSU VIVRA CHEZ NOUS

TA MAISON A ÉTÉ VENDUE AFIN DE REMBOURSER DES DETTES ...
DÉSORMAIS, TU N'AS PLUS DE FOYER, KONATSU
HEIN ... QUOI ?!
QUOI ?!
TES PARENTS EXAGÈRENT QUAND MÊME UN PEU ...
ILS SONT PARTIS À L'ÉTRANGER EN TE LAISSANT TOUT SEUL ICI !
MAIS C'EST PAS POSSIBLE !
TON FRÈRE ÉTAIT VRAIMENT INQUIET ...
MAIS JE LUI AI DIT QU'ON POUVAIT T'HÉBERGER !
CHEZ NOUS ...
ICI ?!
OUI
D'AILLEURS, JE PENSAIS QU'IL ÉTAIT VENU PARCE QU'IL LE SAVAIT
J'SUIS AU COURANT DE RIEN, MOI !!

OUAIS, NE TE FAIS AUCUN SOUCI !
ON VA BIEN S'OCCUPER DE TOI, TU VERRAS !
BOUARF ! ON T'EXPLI-QUERA LES DÉTAILS PLUS TARD !
C'EST UNE BLAGUE OU QUOI ?

JE VAIS VIVRE ...
AVEC KONATSU ?
AH ...
BRALAM
C'EST MOOOIII ! J'AI FAAAIIIM !
SALU-UUT !
BONSOIR KAZU !
C'EST QUI ?
MON PETIT FRÈRE NUMÉRO UN
"NU-MÉRO UN" ?
J'SUIS LÀ !

C'EST QUI CELUI-LÀ ? IL N'A PAS L'AIR TRÈS INTELLIGENT ...
VOICI HIRO ...
MON PETIT FRÈRE NUMÉRO DEUX
Ouh là ...
HEIN ?
JE SUIS RENTRÉE ♪
OOH !
IL EST TROP MIGNON ! J'ADORE LES GARÇONS COMME LUI ♡
EH !
ET VOICI MA PETITE SŒUR
焼うどん
ラーメン 460円
焼そば 450円
天ぷらうどん 350円
そば 270円
うどん 270円
NON MAIS JE RÊVE ...
AH OUI ...
IL PARAÎT QUE TES AFFAIRES SERONT LIVRÉES DEMAIN !

QU'EST-CE QU'IL Y A ?
... TU ES MON PIRE CAUCHEMAR !!
HEIN ?!
ON ÉTAIT CENSÉS COURIR VERS LE BONHEUR ...
MAIS J'AI ÉTÉ PRISE DANS UN OURAGAN
EST-CE MOI QUI L'AI CAUSÉ ?

Jump!
Jump!
Jump!

BAM
EH BIEN ...
JE VOUS CONFIE DONC LA GARDE DE KONATSU
NORMALEMENT, C'EST MOI QUI SUIS EN CHARGE DE SON ÉDUCATION ET QUI AURAIS DÛ M'OCCUPER DE LUI ...
VOUS EN FAITES PAS !
LE PLUS IMPORTANT, C'EST QUE VOUS TROUVIEZ RAPIDEMENT UN AUTRE TRAVAIL !
JE T'EN VOUDRAI TOUTE MA VIE !!

COMME VOUS POUVEZ LE VOIR, CE GARÇON EST INSOLENT ...
ET CE N'EST PAS UNE LUMIÈRE
T'AS AUCUNE PITIÉ !
IL VOUS CAUSERA CERTAINE-MENT DES ENNUIS
VROOOUM
...
AINSI, À PARTIR D'AU-JOUR-D'HUI ...
JE VAIS VIVRE AVEC KONATSU ...

C'EST PAS DU TOUT CE QUI ÉTAIT PRÉVU ...
LA CHAMBRE DE NOTRE SŒUR DEVAIT ÊTRE POUR MOI À LA BASE
ON N'Y PEUT RIEN, IL S'AGIT D'UN CAS D'EXTRÊME URGENCE
MOI NON PLUS, JE VEUX PAS VIVRE ICI
SI T'AS ENVIE DE TE PLAINDRE, FAIS-LE AUPRÈS DE TES PARENTS
SRRSH
QUOI ?!
AVEZ-VOUS LA MOINDRE IDÉE DE VOTRE SITUATION ?
MES PARENTS PROPOSENT DE VOUS NOURRIR ET DE VOUS LOGER GRATUITEMENT PARCE QUE VOUS AVEZ ÉTÉ ABANDONNÉ
VOUS POURRIEZ AU MOINS LES REMERCIER
HORS DE QUESTION ! C'EST À CAUSE DE TA SŒUR SI ...
VOUS AVEZ PAS BIENTÔT FINI, TOUS LES DEUX !
OUAH, TROP STYLÉE LA GUITARE !!
DOIIING ♫
!
TOUCHE PAS À ÇA !!
TU SAIS JOUER DE LA GUITARE, KONATSU ?!
"MONSIEUR" KONATSU !!

tap tap tap tap tap
KONATSU !
JE T'AI APPORTÉ DU JUS DE FRUITS !
AH ?!
ÇA TE PLAIRAIT QUE JE TE LE FASSE BOIRE ...
EN TE FAISANT DU BOUCHE-À-BOUCHE ? ♡
QUOI ?!
MAIS T'ES COMPLÈTEMENT BARGE !
C'est un pédophile !
Pédophile !!
OH, IL A ROUGI, C'EST TROP MIGNON
BON, ÇA SUFFIT MAINTENANT ...
KONATSU HAYAMI
0
HU HU !
ZÉRO SUR VINGT ...
ZÉRO ?
FAIS VOO-OIIIR !
HA HA HA HA
ZÉRO ! KONATSU A EU UN ZÉRO !!
TROP MIGNON ♡
C'EST VRAIMENT UN GROS NUL !!
MU-AH HA HA !
ARRÊTEZ, IL VA SE VEXER
...

FOUTEZ-MOI LE CAMP D'ICI !!
MAIS C'EST CHEZ MOI ...
TAIS-TOI ET DÉGAGE !!
CHEZ YOSHINO
POC
OÙ EST KONATSU ?
IL NE VEUT PAS MANGER
AH OUI ?
"JE NE VEUX RECEVOIR AUCUNE PITIÉ DE LA PART DE L'ENNEMI"

HA HA ! QU'IL EST DRÔLE, CE GARÇON
MINCE, ET DIRE QU'ON AVAIT PRÉVU UNE PETITE FÊTE POUR L'AC-CUEILLIR
TANT PIS ...
JE ME DEMANDE BIEN CE QUI VA SE PASSER, MAINTENANT
J'AI UN MAUVAIS PRESSEN-TIMENT ...
...
Maxi-pain à la crème
GRA-AAH !!
MIARM

cui cui
T'AS INTÉRÊT À NE DIRE À PERSONNE QUE JE VIS CHEZ TOI !!
BAH POURQUOI ?
C'EST TROP LA HONTE !
TOUT LE MONDE EST AU COURANT POUR TA FAMILLE, ET APRÈS LA RUMEUR QUI DIT QUE TU SORS AVEC HUIT FILLES EN MÊME TEMPS ...
JE NE VOIS VRAIMENT PAS POURQUOI TU AURAIS HONTE
FERME-LA ! C'EST PAS TON PROBLÈME !!
TU Y VAS À PIED ?

T'AS QU'À MONTER SUR MON VÉLO
ÇA FAIT UNE TROTTE, TU SAIS ?
JE T'AI DÉJÀ DIT QUE JE NE VOU-LAIS RECEVOIR AUCUNE PITIÉ DE LA PART DE L'ENNEMI
PFF ...
L'EN-NEMI ...
MAIS CONTRE QUI ES-TU EN GUERRE ?
TANT PIS POUR TOI SI T'ARRIVES EN RETARD ALORS
NE M'A-DRESSE PLUS JAMAIS LA PA-ROLE !

SHUN ...
ÇA FAISAIT LONGTEMPS ! TU VAS BIEN ?
C'EST DOMMAGE QU'ON NE SOIT PLUS DANS LA MÊ-ME CLASSE
ZWIIT
EH !
AU FAIT ...
ÇA VA CHEZ TOI ?!
J'AI APPRIS CE QUI S'EST PASSÉ AUX INFOS ...
ÇA M'A PAS MAL INQUIÉTÉ ...
TAIS-TOI ! ÇA TE REGARDE PAS !!

TU ES UN AMI ... DE KONATSU ?
OUI
AH ! LE VOILÀ !
KONATSU !
OÙ T'ÉTAIS ? TU AS LOUPÉ LE PREMIER COURS
JE SAIS, J'AI SÉCHÉ

driiinnng
QUOI ?! CET IDIOT VIT CHEZ TOI ?!
CHUT !
ÇA DOIT ÊTRE VRAIMENT HORRIBLE
OUI, MAIS C'EST DE NOTRE FAUTE ...
EXCUSEZ-MOI ?
EST-CE QUE KONATSU HAYAMI ...
EST LÀ ?
?
NON, IL N'EST PAS ENCORE ARRIVÉ
AH BON. DANS CE CAS, JE REVIENDRAI PLUS TARD
ATTENDS !
EUH ...

PFF ...
HAYAMI ...
HAYAMI EST ABSENT ?
LE LYCÉE COURANAKO ?
LE LYCÉE COURANAKO EST DANS CETTE DIRECTION, APRÈS LE CARREFOUR ...
EH ! PARLEZ UN PEU MOINS FORT ...
MAIS TU ES PERDU ?!
NON !

DÉSOLÉ ...
...
GRR
SHAF
EH ! ATTENDS UN PEU, TOI !!
AÏE !
MES CHEVEUX ...
T'AS VU COMMENT TU TE COMPORTES ENVERS TON AMI QUI SE FAIT DU SOUCI POUR TOI ?!
MAIS C'EST PAS MON AMI !
COMMENT ÇA ...
ARRÊTEZ !

C'EST ...
C'EST MOI. JE N'AURAIS PAS DÛ ...
!
SSS...
SUPER CALORIQUE
TRONCHE DE PATATE
BOUFFE ÇA !
EUH ...
MERCI ...
SI JE PEUX ME PERMETTRE ...
LES MECS N'ONT LE DROIT DE PLEURER QUE POUR LA MORT DE LEURS PARENTS ...
OU LORSQU'ILS REÇOIVENT UN COUP DANS L'ENTRE-JAMBE
JE SUIS DÉSOLÉ
snif
SOIS PLUS FORT !

"TU AS DES AMIS ?"
"NON"
DONC ...
BLA BLA
TU EN AS ...
BLA BLA
ON SE CONNAÎT DEPUIS L'ÉCOLE PRIMAIRE

AH BON ?
ET IL ÉTAIT DÉJÀ COMME ÇA À L'ÉPOQUE ?
HEIN ?
NON, KONATSU A TOUJOURS ÉTÉ QUELQU'UN DE TRÈS GENTIL
COMME JE SUIS ASSEZ FAIBLE, JE PLEURE FACILEMENT ET ON N'ARRÊTAIT PAS DE M'EMBÊTER ...
MAIS KONATSU VENAIT TOUJOURS À MON SECOURS
MAIS ...
AU COLLÈGE, C'ÉTAIT UN DÉLINQUANT, NON ?
AH OUI ...
OUI, MAIS C'ÉTAIT DE MA FAUTE ...
HEIN ?
AU COLLÈGE AUSSI IL ME PROTÉGEAIT ...
MAIS UN JOUR, IL A VRAIMENT BLESSÉ SON ADVERSAIRE
J'ai perdu une dent !
Rien à foutre

CE TYPE A ALORS FAIT UN SCANDALE, ET APRÈS S'ÊTRE PLAINT AUPRÈS DES PROFS ET DE SES PARENTS ... LES PARENTS DE KONATSU ONT DÛ DONNER DE L'ARGENT
Je re-présente la famille Hayami
Voici pour les dommages causés à votre pro-géniture
APRÈS ÇA ...
LES GENS SE SONT DIT ...
"KONATSU = ARGENT"
Bingo ...
YIHAAA
ET BON NOMBRE D'ENTRE EUX ONT CHERCHÉ À SE BATTRE AVEC KONATSU ...
Y COMPRIS SES AMIS !

C'EST À PARTIR DE CE MOMENT-LÀ ...
QUE KONATSU EST DEVENU CELUI QU'IL EST AUJOURD'HUI
Comment t'as fait pour perdre tes sourcils ?
La ferme !
IL A FINI PAR PASSER DE MOINS EN MOINS DE TEMPS AVEC MOI ...
ET JE N'ARRIVAIS PLUS À LE JOINDRE PAR TÉLÉPHONE ...
Snif
TOUT ÇA C'EST À CAUSE DE MOI
C'EST DE MA FAUTE S'IL EST DEVENU COMME ÇA ...
NON, JE NE CROIS PAS ...
COMME JE NE LUI AI CAUSÉ QUE DES PROBLÈMES ...
KONATSU NE M'AIME PLUS, ET IL FAIT TOUT POUR M'ÉVITER
HM ...

AH BON ...
JE NE SAVAIS PAS TOUT ÇA
T'EN FAIS PAS ET MANGE !
MERCI ...
ÉCOUTE-MOI BIEN ...
LES MECS N'ONT LE DROIT DE PLEURER QUE ...
driiinnng
Ha ha ha ! Vraiment ?!
JE COMPRENDS ...
POUR LUI, N'IMPORTE QUI EST UN ENNEMI POTENTIEL ...

CHEZ YOSHIN
TOUT ÇA EST UN PEU ...
TRISTE
SSS...
AT-TEN-TION !!
SPLAF
AÏE !
POURQUOI TU M'AS FAIT MAL ?!
ET RENTRE PAS COMME ÇA SANS FRAPPER !!
LE REPAS EST PRÊT
J'EN VEUX PAS ...
À L'ATTA-QUE !!

CHEF, NOUS AVONS CAPTURÉ KONATSU !!
EEH ?!
TRÈS BIEN ! EMMENEZ-LE EN BAS !!
TADAM !!
HEIN ?
BIENVENUE KONATSU
OUI, CHEF !
QUOI ... MAIS ?!
GLOUPS
À TABLE ♪ À TABLE ♪
ON T'AT-TEN-DAIT
AH, TE VOILÀ ENFIN

QU'EST-CE QUI SE PASSE ?
STAC
ALLEZ, ASSEYEZ-VOUS !
ON NE POUVAIT PAS COMMENCER SANS VOUS
QUOI ?
DANS CETTE MAISON, ON EST TOUJOURS RÉUNIS POUR LE PETIT-DÉJEUNER ET LE DÎNER
À PARTIR DE MAINTENANT, TU DEVRAS SUIVRE CES RÈGLES
C'EST PAS MON PROBLÈME !
JE FAIS PAS PARTIE DE VOTRE FAMILLE, MOI !
SI, TU EN FAIS PARTIE...
PUISQU'ON VIT TOUS SOUS LE MÊME TOIT
ET SACHE QUE NOUS NE SOMMES PAS TES ENNEMIS

OUI
ET SI TU AS DES ENNUIS, N'HÉSITE PAS À NOUS EN PARLER
MOI, JE ME METS À CÔTÉ DE KONATSU
BONSOIR !
CLAC
Salut
TIENS NAKO
PEG !!
QU'EST-CE QUE ...
TU FOUS LÀ, LA GROSSE ?!
NIOM
ON M'A DIT QUE C'ÉTAIT TA FÊTE DE BIENVENUE
ENFIN, JE SUIS SURTOUT LÀ POUR LA BOUFFE ...
ZIOUP
ES-PÈCE DE ...
J'ÉTAIS OBLIGÉE DE LUI DIRE ...
ELLE VIENT SOUVENT À LA MAISON
UNE GAMINE ?
LA PROCHAINE FOIS QUE TU M'APPELLES "LA GROSSE", JE RACONTE À TOUT LE MONDE QUE TU VIS EN COUPLE AVEC UNE GAMINE
ALLEZ KONATSU, FAIS "AAAH" ♡
!!
C'EST BON, JE PEUX MANGER TOUT SEUL !!
OOUUH LES AMOU-REUX !
AR-RÊTE !!

TON AMI QUI EST VENU AUJOURD'HUI ...
IL S'APPELLE SHUN, C'EST ÇA ?
...
JE T'AI DÉJÀ DIT QUE C'ÉTAIT PAS MON AMI
TU NE L'AIMES PAS ?
PAS SPÉCIALEMENT ...
IL T'A CAUSÉ DES PROBLÈMES PARCE QUE C'EST UN PLEURNICHARD ?
IL NE M'A JAMAIS CAUSÉ DE PROBLÈMES
ALORS POURQUOI ES-TU SI FROID AVEC LUI ?
...
JE PENSE QUE C'EST QUELQU'UN DE GENTIL
ET IL A L'AIR DE SE FAIRE BEAUCOUP DE SOUCI POUR TOI

(2)

Présentation d'Aya Nakahara.

Nom de plume : Aya Nakahara.
Âge : 87 ans.
Lieu de naissance : Londres.
Taille : 5 cm.
Poids : 12 tonnes.
Anniversaire : 1er novembre...

Je m'arrête là car ça ne mène à rien, ces bêtises. Alors, qui suis-je ? Finalement, il est vrai que c'est assez difficile de répondre à cette question... En fait, je n'ai rien de particulier à raconter. Non !! Rien !! Genre, je m'énerve... Grrr !

Comme vous pouvez le voir, je n'ai strictement rien à dire. Ha ha ha ! Vous n'avez qu'à vous dire que je viens de sortir du lit, ça sera mon excuse.

COMMENT ÇA ?
...
AVANT DE T'INQUIÉTER DES AMIS DES AUTRES, TU FERAIS MIEUX DE PENSER D'ABORD AUX TIENS
ELLE EST EN TRAIN DE MANGER UN DONBURI[1] DE TEMPURA[2] EN MÊME TEMPS QU'UN DONBURI DE BŒUF
ET ON N'EN EST QU'À L'ENTRÉE
BEN, C'EST PARCE QU'ELLE EST EN BONNE SANTÉ
PEEEG !
JE T'AI APPORTÉ DES UDON[3] !
OH, MERCI. POSE-LES LÀ
TU MANGES ENCORE ?!
EST-CE QUE ...
TU COMPTES TOUJOURS ÊTRE TOUT SEUL ?
APPELS MANQUÉS
X/XX 21:00 SHUN
X/XX 18:32 SHUN
X/XX 14:24 SHUN
X/XX 19:21 SHUN

SI TU CONTINUES COMME ÇA ...
TU RESTERAS TRISTE TOUTE TA VIE
Au revoir !
KONATSU !
QUOI ...
ON RENTRE ENSEMBLE ?
NON !

...
SHUN ...
KONATSU !
ET SI ON MONTAIT UN GROUPE DE MUSIQUE ?
UN GROUPE ?
OUI, ON EN AVAIT UN AU COLLÈGE
ON POURRAIT RECOMMENCER !
ON MONTE UN GROUPE DE MUSIQUE, DIS ?! S'TE PLAAAÏÏÏT !
EH !
C'EST PAS LE BON ENDROIT POUR EN PARLER !
JE VEUX T'ENTENDRE DE NOUVEAU JOUER DE LA GUITARE ...
CAR C'EST TON CŒUR QUI JOUAIT !!
Qu'est-ce qui se passe ?

KONATSU, T'ES LE MEILLEUR GUITARISTE DU MONDE ENTIER !!
HEIN ?!
MAIS C'EST QUOI CETTE HISTOIRE À L'EAU DE ROSE ?
C'EST POUR ÇA QUE JE VEUX QU'ON MONTE UN GROUPE ...
LA FERME !!
JAMAIS DE LA VIE !!
TAN
AH !
ATTENDS KONATSU !
PAF

OH ! PARDON ...
EH ! REGARDE OÙ TU METS LES PIEDS QUAND TU MARCHES
AH !
C'EST LE MEC QUI A FRAPPÉ KONATSU LE JOUR DE LA RENTRÉE !
T'AS FAIT TOMBER MON JUS DE FRUITS
AH !
JE SUIS VRAIMENT DÉSOLÉ
TENEZ !
SPLURT
AH !!
!

T'AS FAIT QUOI, LÀ ?!
EUH ...
JE VAIS T'EN ACHETER UN AUTRE !!
HEIN ...
JE VAIS T'ACHETER UN NOUVEAU JUS DE FRUITS !
ALORS ...
LAIT FRAISE
HU HU ...
C'EST DU LAIT À LA FRAISE !!
TU TE FOUS DE MOI ?!
HEIN ?!
N... NON !!
SI ! JE T'AI VUE !
DÉSOLÉE, JE TROUVAIS L'EMBALLAGE SI MIGNON !
ES-PÈCE DE ...

!!
SLASH

ÇA SUFFIT !
ILS SE SONT EXCUSÉS
KONATSU ...
QUOI ? CE SONT TES AMIS ?!
NON
KONA-TSU !

RESTE EN DEHORS DE ÇA, TOI !
MAIS !
KONATSU ...
QUANT À TOI, TU PORTES MALHEUR, ALORS DÉGAGE !
HEIN ?!
COMMENT ÇA JE PORTE MALHEUR ?!
QUAND T'ES LÀ, JE PERDS CONTRE MES ADVERSAIRES ALORS QUE J'ARRIVE À LES BATTRE D'HABITUDE !!
NON MAIS ÇA VA, JE SUIS PAS UN CHAT NOIR, NON PLUS !!
JE TE L'AI DÉJÀ DIT PLUSIEURS FOIS !!
CRAC
CESSE DE REJETER LA FAUTE SUR LES FAIBLES !!

QUI EST ...
AH
AAAH ...
OUPS
INFIRMERIE
ÇA VA KONATSU ?
ÇA VA ...
T'ES FIÈRE DE TOI, MAINTENANT ?

JE SUIS DÉSOLÉ, KONATSU
OH, TOI ÇA VA ! C'EST À ELLE QUE JE PARLE
ON DIRAIT QUE T'AS UNE MOUSTACHE
MAIS FERME-LA !
KONATSU A ENCORE EU DES ENNUIS À CAUSE DE MOI ...
T'INQUIÈTE PAS !
MOI, JE LUI AI FAIT BIEN PIRE !
COMMENT ÇA "T'INQUIÈTE PAS" ?!
JE VOULAIS JUSTE LE RÉCONFORTER
ARRÊTE DE TOUT LE TEMPS PLEURNICHER !
DÉSOLÉ ...
MAIS J'AIMERAIS QU'ON REDEVIENNE AMIS, KONATSU ...
EST-CE QUE C'EST RÉELLEMENT IMPOSSIBLE ?

ÉCOUTE ...
DÉJÀ QUE TU T'ATTIRES DES ENNUIS TOUT SEUL ...
ALORS SI TU TRAÎNES AVEC MOI, ÇA NE FERA QU'EMPIRER
QUOI ?
LE SIMPLE FAIT D'ÊTRE MON POTE T'ATTIRERA DES ENNUIS
TU EN ES CONSCIENT ?!
...

EN RÉALITÉ ...
KONATSU SE FAIT DU SOUCI ...
POUR SHUN
IL PENSE DONC À LUI
JE M'EN FICHE ...
SI J'AI DES PRO-BLÈMES ...
JE ME BATTRAI AVEC TOI !
MÊME SI JE SUIS FAIBLE !
SHUN ...

TU ES MON AMI
...
JE PEUX DIRE QUELQUE CHOSE ?
L'AMITIÉ ENTRE GARÇONS, C'EST "TOUCH AND GO"
C'EST QUOI ÇA ?
C'EST DANS PROFESSEUR DOSUKOI[4] MAEZAWA
QU'EST-CE QUE C'EST ?
UN TÉLÉFILM ...
ON EST SUPER FANS AVEC PEG
JE CONNAIS PAS

TOUCH ...
AND ...
GO !
QUOI ?!
AU LIEU DE DISCUTER, VOUS FERIEZ MIEUX DE RENTRER MAIN DANS LA MAIN !
HEIN ?!

ALLEZ, ON RENTRE !
C'EST BON, ON A COMPRIS !!
JE PEUX... VENIR, MOI AUSSI ?
FAIS CE QUE TU VEUX !
IL SE COMPORTE MAL...
MAIS JE SUIS SÛRE QUE KONATSU...

… N'EST PAS AUSSI MÉCHANT QU'IL EN A L'AIR
HEIN ?! VOUS VIVEZ ENSEM-BLE ?!
J'AVAIS PAS LE CHOIX
DIS PAS ÇA !
CHEZ YOSHINO
MÊME SI JE NE LE COMPRENDS PAS EN-CORE
QU'EST-CE T'AS ?

LA PROCHAINE FOIS, TU ME MONTRERAS TES TALENTS DE GUITARISTE ?
MIORN
ALORS TU SAIS VRAIMENT JOUER DE LA GUITARE ?!
IL PARAÎT MÊME QU'IL AVAIT UN GROUPE DE MUSIQUE !
NAKO, Y A PROFESSEUR DOSUKOI MAEZAWA QUI VA COMMENCER !
Mince, j'ai pas préparé le DVD !
Tu n'as qu'à le regarder maintenant
Mais je veux le revoir après !
TANT QUE TU VIVRAS CHEZ MOI ...
JE TE PROMETS QUE TU NE TE SENTIRAS JAMAIS SEUL

DEPUIS QUE MA SŒUR S'EST ENFUIE ...
DEUX SEMAINES SE SONT DÉJÀ ÉCOULÉES
MUAHA HA HA HA !

QUI M'A FAIT ÇA ?!
BONJOUR KONATSU !!
Feutre
C'EST TOI !!
JE VOUS INTERDIS DE RENTRER DANS MA CHAMBRE SANS MA PERMISSION !!
PAR CONTRE, LES RUBANS C'EST MOI !
C'EST MIGNON, HEIN ♡
LAISSEZ-MOI DORMIR EN PAIX LE DIMANCHE !!
Oui
MAIS TU NE TE RÉVEILLAIS TOUJOURS PAS
HEIN, KANA ?
KONATSU, ON JOUE AU FOOT ?!

JAMAIS !!
BONJOUR ...
C'EST MOI !
TAN
GRANDE SŒUR !!
GRAND FRÈRE !!
?!
KO... KONA-TSU ?!

J'AVAIS COMPLÈTEMENT OUBLIÉ ...
MON CHAGRIN D'AMOUR
POC
JE ME FAISAIS DU SOUCI POUR TOI, KONATSU ...
MAIS JE SUIS RASSURÉ DE VOIR QUE TU TE PLAIS BIEN ICI
ABSOLUMENT PAS !!
JE VAIS DEVENIR FOU !!
TACLAC
KONATSU !!
JE SUIS SINCÈREMENT DÉSOLÉE D'AVOIR PRIS TON FRÈRE
TOUT EST ENTIÈREMENT DE MA FAUTE !!
OH ...
EST-CE QU'IL Y A QUOI QUE CE SOIT QUE JE PUISSE FAIRE ?!

TACLAC
NE DIS PAS ÇA. TOUT EST DE MA FAUTE !
C'EST MOI QUI SUIS TOMBÉ AMOUREUX DE TOI !!
NON, C'EST MOI QUI SUIS TOMBÉE AMOUREUSE DE TOI !
NON, C'EST MOI ! J'AI EU LE COUP DE FOUDRE !
MAIS MOI AUSSI J'AI EU LE COUP DE FOUDRE !
AH OUI ?
BOBOM...
JE NE TE L'AVAIS JAMAIS DIT ?
NON ...
EH !
EUH ...
ET POURQUOI VOUS ÊTES VENUS AUJOURD'HUI ?
AH OUI !
C'EST VRAI ... ON DOIT DÉMÉNAGER ...
ALORS, ON VOUDRAIT LOGER ICI LE TEMPS DE TROUVER UN NOUVEL APPARTEMENT

OUI, MAIS ...
POURQUOI DEVEZ-VOUS DÉMÉNAGER ?
...
LA FEMME ...
QUE JE DEVAIS ÉPOUSER NOUS A RETROUVÉS ...
ET ELLE NOUS FAIT DU CHANTAGE ...
DU CHANTAGE ...
DE QUEL GENRE ?!
ON A TROUVÉ DES MOTS SUR NOTRE PORTE ...
DES MOTS ?
ALLEZ EN ENFER
JE NE VOUS LE PARDONNERAI JAMAIS
ON A TELLEMENT PEUR ...
ET IL Y EN A DE PLUS EN PLUS ...

LE PIRE, C'EST QUE DEPUIS PEU, ELLE N'A PLUS D'IMAGINATION ...
ET ELLE NOUS LAISSE DES VIEILLES BLAGUES PAS DRÔLES
DE QUEL COULEUR EST LE CHEVAL BLANC DE HENRI IV ?
DE QUEL COULEUR EST LE CHEVAL BLANC DE LOUIS XVI ?
TU SAIS QUOI ? COI ? FEUR !!!
HEIN ...
TOUT LE QUARTIER SE MOQUE DE NOUS ...
ON A TROP HONTE, ON DOIT PARTIR ...
Elle était drôle la blague d'hier
Moi, je préférais celle d'avant-hier
nooon ...
C'EST ... C'EST DÉGUEULASSE ...
TANT PIS ...
APRÈS CE QU'ON A FAIT ...
MAIS ...
EH BIEN ...
VOUS N'AVIEZ QU'À PAS LE FAIRE
TU AURAIS DÛ TE MARIER AVEC L'AUTRE FILLE ...
ET ON AURAIT ÉVITÉ TOUT UN TAS DE PROBLÈMES
...

BOUM
AÏE !!
POURQUOI T'AS FAIT ÇA ?!
POURQUOI TU DIS ÇA ?!
LAISSE TOMBER, NAKO
IL A RAISON
MAIS ...
VOUS LE SAVIEZ DÈS LE DÉBUT QUE ÇA N'ALLAIT PAS ÊTRE FACILE
OUI ...
ET POURTANT, VOUS AVEZ CHOISI D'ÊTRE ENSEMBLE
VOUS DEVEZ ASSUMER VOTRE CHOIX !

OUAIS, TROP LA GALÈRE, QUOI
BONNE CHANCE POUR CONTINUER À FUIR TOUTE VOTRE VIE ...
...
IL EST ...
VRAIMENT TRÈS MÉCHANT !!
BLAM !

PLAF
NE RENTRE PAS DANS MA CHAMBRE SANS MA PERMISSION !!
JE DORS ICI CE SOIR
QUOI ? ET MON FRÈRE ALORS ?!
IL DORT DANS MA CHAMBRE AVEC MA SŒUR
MAIS C'EST PAS NORMAL !!
BAH SI, C'EST TOUT À FAIT LOGIQUE
LOGIQUE ?! TU DIS N'IMPORTE QUOI !!
J'Y SUIS POUR RIEN, MOI !
ILS DOIVENT PARLER DE LEUR AVENIR !
MAIS JE PARLE PAS D'EUX, JE PARLE DE NOUS !!
POURQUOI TU RAPPROCHES TON FUTON ?!
QUOI ?
RASSURE-TOI ...
JE NE VAIS PAS TE SAUTER DESSUS
J'ESPÈRE BIEN !!
BONNE NUIT !

T'EN-DORS PAS TOUT DE SUITE !!
...
"ELLE NOUS FAIT DU CHANTAGE"
"BONNE CHANCE POUR CONTI-NUER À FUIR TOUTE VOTRE VIE"
EST-CE ...
ALORS ...
QU'ILS SONT ENFIN ENSEMBLE ?
QU'ILS VONT VRAI-MENT DEVOIR FUIR TOUTE LEUR VIE ?

VLAF
QU'EST-CE T'AS ?!
...
C'EST NAZE ...
SI ÇA CONTINUE COMME ÇA ...
TOUS MES EFFORTS N'AURONT SERVI À RIEN ...
HM ?
ZIOUP
KONATSU, VIENS AVEC MOI !

Où ça ?
Qu'est-ce qu'elle raconte ?
TADAM !
On va attraper les maîtres chanteurs...
Et les convaincre d'arrêter !
C'est ridicule
Tu m'accompagnes ?
Pourquoi moi ?
Parce que c'est dangereux pour une fille de sortir toute seule la nuit
Qu'est-ce que j'en sais, moi ?
Et de toute façon, c'est pas une mocheté comme toi qui aura des ennuis la nuit
SHAF
?!

MAIS ... QU'EST-CE QUE TU FAIS ?
JE ME DÉSHABILLE
HEIN ?!
SI JE ME DÉSHABILLE ET QUE JE HURLE ...
"NON ! ARRÊTE, KONATSU !!"
OU BIEN ...
"OH OUI KONATSU, CONTINUE !!" ...
EN MÊME TEMPS
TU PRÉFÈRES QUOI ?

JE SUIS RESPONSABLE ...
DU BONHEUR DE MA SŒUR ET DU FRÈRE DE KONATSU !!
IL ME SEMBLE ...
QUE C'EST DANS LE COIN
OH ! J'AI TROUVÉ !!
...
T'AS INTÉRÊT À PAS OUBLIER CE QUE TU M'AS FAIT
AH !!
Y A QUELQU'UN DE LOUCHE LÀ-BAS !!
tap
ALLONS-Y, KONATSU !!
STA
QUOI ?!

GLOUPS
EH, VOUS ! QU'EST-CE QUE VOUS FABRIQUEZ ?!
0 + 0 = LA TÊTE À TOTO
ALORS C'EST VOUS ...
NON !!
C'EST Mlle TAMAKO QUI M'A DEMANDÉ DE FAIRE ÇA ...
TAMAKO ?
TA-MAKO HÔRAI !
L'EX-FIANCÉE DE MON FRÈRE ...
Haa
Haa

JE LE SAVAIS !
ALORS MOI AUSSI J'AI UN MESSAGE POUR CETTE TAMAKO ...
HEIN ?
DOM !
"SI VOUS VOULEZ VOUS PLAINDRE ...
VENEZ ME VOIR, MOI, NAKO !"
"ET ARRÊTEZ DE FAIRE ÇA !"
TENEZ, VOICI MON ADRESSE
MERCI ...
BYE
Mission accomplie
TU IMITAIS QUI, LÀ ?
PERSONNE !

TU SAIS ...
CE SONT LES PROBLÈMES DE TA SŒUR ET DE MON FRÈRE ...
ÇA NE TE REGARDE PAS ...
ALORS POURQUOI TU FAIS TOUT ÇA ?
SI, ÇA ME REGARDE
JE VEUX QUE LA PERSONNE QUE J'AIME ...
SOIT HEUREUSE
NE ME DIS PAS ...
QUE TU ES AMOUREUSE DE MON FRÈRE ?!

SI TU LE RÉPÈTES À QUI QUE CE SOIT, JE TE SAUTE DESSUS PENDANT TON SOMMEIL
J'Y CROIS PAS ...
Elle est dingue
MERCI DE M'AVOIR ACCOMPAGNÉE

Là, il est déjà vingt-trois heures. Et je meurs de faim ! Manger ? Ou dormir ? Manger, mais quoi ? Est-ce que j'ai quelque chose à me mettre sous la dent ?

Voilà ce que je suis en train de penser. Désolée.. Et dire qu'il y a des gens qui prennent le temps de lire ces petits bonus... Et moi qui ne sais jamais quoi écrire dedans. En plus, ces paroles superflues seront imprimées et publiées, et elles resteront gravées à jamais... Mais où donc ?

Un crabe... , , , , , C'est la honte...

SALUT ! DÉSOLÉE POUR CETTE NUIT !
J'AVAIS LA PÊCHE JUSQU'À L'AUBE !
OUAIS, BAH T'AURAIS PU GARDER ÇA POUR TOI
J'AI PAS ENVIE DE SUBIR TA MAUVAISE INFLUENCE
ALLEZ, C'EST BON. JE TE PAIE QUELQUE CHOSE !
TIENS TIENS ... VOUS AVEZ L'AIR DE BIEN VOUS ENTENDRE TOUS LES DEUX ...
N'IMPORTE QUOI ! C'EST ELLE QUI ...
FAIS PAS TON TIMIDE
FAIS PAS TON TIMIDE
C'EST PAS À TOI DE ME DIRE ÇA !
FAIS PAS TON TIMIDE
HI HI
T'ES DE LEUR CÔTÉ, SALE TRAÎTRE ?!
C'EST MOI QUI L'AI DRESSÉ
NYERK
Ha ha ha
SI LA PERSONNE QUE J'AIME EST HEUREUSE ...
ALORS ...
driiinnng

Ha ha ha ! À plus !
NAKO !
KONATSU !
GRAND FRÈRE ...
QU'EST-CE QUI SE PASSE ?
COMME J'ÉTAIS DANS LE COIN, JE ME SUIS DIT QU'ON POUVAIT RENTRER ENSEMBLE
NOUS AVONS TROUVÉ NOTRE NOUVEL APPARTEMENT
AH OUI ?
C'EST UN PEU LOIN D'ICI, MAIS VOUS POUVEZ VENIR NOUS VOIR QUAND VOUS VOULEZ
AVEC PLAISIR !

AU FAIT, ON NE VOUS FERA PLUS DE CHANTAGE !
POUR-QUOI ?
HIER, ELLE S'EST RENDUE À VOTRE ANCIEN APPART POUR PROVOQUER LE MAÎTRE CHANTEUR
QUOI ?!
MAIS C'EST TRÈS DANGEREUX !
NE T'IN-QUIÈTE PAS !
KONATSU ÉTAIT AVEC MOI
POURQUOI TU NE L'EN AS PAS EMPÊCHÉE ?!
ELLE M'A AGRESSÉ !
T'EXA-GÈRES ...
T'EN FAIS PAS !
S'ILS VIENNENT SE PLAINDRE, ILS AURONT AFFAIRE À MOI ...
NAKO ...
TU NE DOIS PAS PRENDRE DE TELS RISQUES

TU AS FAIT AN-NULER MON MARIAGE ...
C'EST DÉJÀ BEAUCOUP
JE NE VEUX PAS QUE TU TE METTES EN DANGER POUR NOUS
EUH ...
MAIS Y A AUCUN PROBLÈME ! JE T'ASSURE ...
JE PENSAIS AUSSI ALLER M'EXCUSER AUPRÈS DE TON EX-BELLE-FAMILLE
NE FAIS PLUS RIEN S'IL TE PLAÎT, NAKO
...
...
O.K., J'AI COMPRIS ...

Silence...
TAN
...
TAN
...
TAN
...
ÇA SUFFIT !!
HEIN ?
ELLE EST AMOU-REUSE DE TOI !!
GNNN
!

MAIS ... NON, VOYONS ! QU'EST-CE QUE TU RACONTES ?!
RIEN QUE D'Y PENSER, ÇA ME DÉGOÛTE !!
TU PRÉTENDS VOULOIR LE BONHEUR DE LA PERSONNE QUE TU AIMES ...
MAIS EN FAIT, TU AS TOUT SIMPLEMENT PEUR DE LUI DÉCLARER TON AMOUR !!
NON ...
ALORS DIS-LUI QUE TU L'AIMES !!

...
NAKO ...
BOBOM
TU VOIS ? T'EN ES MÊME PAS CAPABLE
ALORS QUE TU M'EN AS PARLÉ PENDANT DES HEURES
ZBAM
T'ES TROP NAZE ...

AÏE !!
BÊ... BÊTA BÊTA... BÊTAAA !
CRÉÉÉ-TIIIN !!

NAKO !
Bêta ? Crétin ??
TOUT ÇA ...
NE SERT À RIEN
DÈS LE DÉBUT, ÇA NE POUVAIT PAS MARCHER
"EST-CE QUE TU SAIS SI TA SŒUR A UN AMOUREUX ?"
"NON, JE NE CROIS PAS"
"VRAIMENT ?!"
"ELLE EST TOUTE SEULE. VAS-Y, C'EST LE MOMENT"
"HEIN ?"
"MERCI BEAUCOUP"

"TOUT ÇA C'EST GRÂCE À TOI, NAKO"
IL ME SUFFIT JUSTE ...
DE TE VOIR SOURIRE ...
"TU AS TOUT SIMPLEMENT PEUR DE LUI DÉCLARER TON AMOUR !!"
...

C'EST FAUX ...
EN RÉALITÉ, J'AI PEUR QU'IL ARRÊTE DE ME SOURIRE ...
SI JE LUI DIS LA VÉRITÉ
OUI, C'EST VRAI ...
JE NE SUIS RIEN D'AUTRE ...
QU'UNE TROUIL-LARDE ...

EST-CE QUE C'EST TOI ?!
PARDON ?
C'EST TOI QUI M'AS VOLÉ MON FUTUR MARI ?!
AH, TAMAKO !!
IL PARAÎT QUE TU ME CHERCHES ?!
Oui, je te reconnais !
ÇA SUFFIT !
VOUS N'AVEZ PAS LE DROIT DE LES EFFRAYER !!
ET POURQUOI J'AURAIS PAS LE DROIT ?!
TU M'AS VOLÉ MON MARI, JE TE FERAI DIRE !!
AH OUI, C'EST VRAI ...
JE N'AURAIS ...
JAMAIS DÛ DIRE QUE J'ALLAIS ME MARIER !
'FAUT QUE JE ME TROUVE UN AUTRE HOMME, MAINTENANT !
QUOI ?

TU N'ES PAS AMOUREUSE DE HARU ?
HEIN ? HARU ? OH NON, PAS PLUS QUE ÇA ...
IL EST UN PEU RINGARD, MAIS TRÈS FACILE À MANIPULER. RIEN DE PLUS
QUOI ?
MAIS ÇA VEUT DIRE QUOI, ÇA ?!
C'EST POUR ÇA ...
SEULE-MENT POUR ÇA ...
CHOPE
Mais ... LÂCHE-MOI !
ALORS QUE ...
ALORS QUE MOI, JE ...
NAKO !
Haa

RHAAAA
JE VAIS ME LA FAIRE !
NAKO !
Calme-toi !
POUS-SE-TOI !
TIENS, MAIS C'EST HARUKI. ÇA FAISAIT LONG-TEMPS !
C'EST VRAIMENT BÊTE CE QUI EST ARRIVÉ À TA FAMILLE !
TAMAKO ...
JE SUIS SINCÈREMENT DÉSOLÉ !!
COM-MENT ?
TU CROIS QU'IL SUFFIT JUSTE DE T'EXCUSER ?
NON ...
N'EST-CE PAS !
JE SUIS PRÊT À RE-CEVOIR MA PUNITION

MAIS ...
JE NE REGRETTE RIEN
HARU ...
AH OUI ?

ALORS QUE TU AURAIS PU AVOIR LA VIE D'UNE STAR ?
OUI
ET QUE TA PORTE EST PLEINE DE BLAGUES POURRIES ?
OUI
IL N'Y A ...
QU'UNE SEULE PER-SONNE AVEC QUI JE VEUX ÊTRE
...
TU VAS LE RE-GRETTER !
ÇA M'ÉTON-NERAIT
ON VERRA !
TRÈS BIEN

JE SUIS VRAIMENT DÉSOLÉ !!
VROUM
PEUT-ÊTRE QU'ELLE VA CONTINUER À LES HARCELER ...
MAIS ...
ILS N'ONT PROBABLEMENT PLUS BESOIN DE MOI POUR SURMONTER CES ÉPREUVES
ET MOI ...
DANS TOUT ÇA ...
HARU ...
CE QUE KONATSU A DIT TOUT À L'HEURE, C'EST LA VÉRITÉ
JE T'AIME

POF
MERCI
ÇA ME FAIT BIEN PLAISIR
TIENS ?
JE PENSAIS QUE ÇA LE RENDRAIT TRISTE, MAIS ...
IL SOURIT

JE CROYAIS QUE ÇA NE SERVIRAIT À RIEN DE LE LUI DIRE
...
MAIS EN RÉALITÉ, ÇA AVAIT UN SENS

...
PAF
MIAOUMP
ILS SONT PARTIS MAINTENANT ! DONC RETOURNE DANS TA CHAMBRE !!
TU SAIS ...
MAINTENANT QUE JE LE LUI AI DIT, JE ME SENS VRAIMENT SOULAGÉE
DE QUOI TU PAR-LES ?

ET C'EST GRÂCE À TOI !
MERCI !
JE PIGE QUE DALLE...
BON, TU TE CASSES ?
OUI, T'INQUIÈTE !
AH, AU FAIT !
EST-CE QUE TU ES AMOUREUX DE QUEL-QU'UN, TOI ?

...
ZWIT
ÇA TE REGARDE PAS
OUI ?!
Me touche pas !!
ÇA VEUT DIRE QUE OUI ?!
MAIS NON !!
SI, T'ES TROP BIZARRE !!
DE QUOI ?!
MIAOUUU

"MIAOU" ?
OH ! RODRIGUEZ !
"RODRIGUEZ" ?
C'EST UN CHAT SAUVAGE, MAIS ...
ON LUI DONNE TELLEMENT À MANGER QU'IL S'EST HABITUÉ À NOUS
miaou
JE ME DEMANDE BIEN COMMENT IL EST ENTRÉ
C'EST PAS BIEN ÇA. MAMAN VA TE GRONDER SI ELLE TE TROUVE ICI
NE...
NE L'APPROCHE PAS DE MOI !
HEIN ?
TU N'AIMES PAS LES CHATS ?
MIAA
NON ...
DÉGAGE !
MAIS POURQUOI ? IL EST SI MIGNON !

JE VEUX PAS ...
GRIFFE
AH ...
SORTEZ DE MA CHAMBRE !!
SI UN JOUR ...
JE TOMBE À NOUVEAU AMOUREUSE DE QUELQU'UN ...
Dehors !! Tout de suite !!
Pardon
miaa
JE VOUDRAIS QU'IL M'AIME EN RETOUR

C'EST LE PRINTEMPS !
ENFIN, ÇA FAIT DÉJÀ UN MOMENT QU'IL A COMMENCÉ
CLAC

TIENS ? TU PRENAIS UN BAIN, KONATSU ?
JE TE POSE DES SERVIETTES PROPRES ICI

KYAAA!!
CHEZ YOSHII
C'EST RIEN ...
JE T'AI JUSTE VU À POIL
DIS DONC, T'AS PAS EN-CORE PASSÉ LE CAP DE LA PUBERTÉ, TOI
NON MAIS ! T'AS PAS HONTE ?!
NON. ET PUIS, JE N'AI REGARDÉ QUE TON VISAGE
C'EST PAS LE PROBLÈME !!
BAH, JE SUIS DÉSOLÉE, JE TE DIS
VRAI-MENT ?
ÇA DOIT ÊTRE POUR ÇA QUE TU T'ES FAIT REJETER PAR MON FRÈRE

JE VOIS PAS LE RAPPORT !!
T'ES PAS UNE VRAIE FILLE !
PARDON ?!
TU NE TE FERAS JAMAIS DE MEC !!
QUOI ?!
MAIS MON PREMIER AMOUR ...
JE L'ATTENDS TOUJOURS

COMMENT OSE-T-IL ME TRAITER AINSI, JUSTE PARCE QUE JE L'AI VU SE LAVER ?!
TU L'AS VU À POIL ?
SEULEMENT SON VISAGE !
IDIOTE
JE T'AI POURTANT DÉJÀ DIT DE TOUJOURS ÉLARGIR TON CHAMP DE VISION
PARDON MAÎTRESSE ...
ÇA IRA POUR CETTE FOIS
LE DIEU DE LA CHANCE N'EST PAS TOUT LE TEMPS AVEC NOUS, HÉLAS
LA PROCHAINE FOIS, N'OUBLIE PAS DE BIEN TOUT REGARDER ...
BANDE DE ...
T'ES LÀ, TOI ?!
LA FERME, VICIEUSE !
VICIEUSE ?!
T'ES QU'UNE CRIMINELLE !!
QUOI ?!
BON, DÉGAGE DE LÀ MAINTENANT, TU ME GÊNES !!
VOUIT

"TU NE TE FERAS JAMAIS DE MEC"
...
C'EST VRAI QUE ÇA A FOIRÉ AVEC TON FRÈRE, MAIS ...
ÇA NE VA PAS CONTINUER ÉTERNELLEMENT COMME ÇA
À PARTIR D'AUJOURD'HUI ...
JE COMPTE BIEN ME TROUVER UN NOUVEL AMOUR !!
AH OUI ? ET COMMENT ?
MIOM MIOM
JE VIENS TOUT JUSTE DE COMMENCER MA VIE DE LYCÉENNE !!
JE SUIS DÉBORDANTE D'ESPOIR ET DE POSSIBILITÉS, OUAAIIS !!
AH, TU TE REPRENDS ENFIN EN MAIN

JE ME SUIS INQUIÉTÉE, TU SAIS ...
IL NE FAUT PAS QUE TU AIES PEUR DE RETOMBER AMOUREUSE DE QUELQU'UN
PEG ...
QUELLE QUE SOIT LA RAISON ...
JE T'ENCOURAGE DANS TA QUÊTE AMOUREUSE
PEG !!
TIENS, MANGE ÇA
MERCI, MERCI DU FOND DU CŒUR
LA PROCHAINE FOIS ...
LA CHANCE ME SOURIRA !

TIENS ?
RLAN
HEIN ?
OUAH !
VLAF
FLAP
MINCE ...
T'IN-QUIÈ-TE
ÇA VA ALLER, JE VAIS LE FAIRE !!
ME... ME... ME...
MERCI !!
Fiouuuu !!
...
HM ?

HA HA HA !
ET ENSUITE ...
TAN
POUR-QUOI ...
LES GARÇONS M'ÉVITENT ?
Ils sont pas discrets en plus ...
EST-CE QUE ...
TAN

NAKO …
QUOI ?!
MOI ? LA COPINE DE KONATSU ?!
N'IMPORTE QUOI !
VOUS VOUS MOQUEZ DE MOI ?!
C'EST POURTANT CE QUE TOUT LE MONDE PENSE
HEIN ?
ET QUE ÇA T'EST ÉGAL QUE TU FASSES PARTIE DE SES HUIT PETITES AMIES
D'AILLEURS, COMMENT TU FAIS POUR TRAÎNER AVEC LUI ?
C'EST VRAI QU'ON EST SOUVENT ENSEMBLE, MAIS C'EST POUR D'AUTRES RAISONS …
EN FAIT …
IL PARAÎT QUE SI ON T'APPROCHE, ON SE FERA TABASSER PAR DES VOYOUS QUI SONT SOUS LES ORDRES DE KONATSU HAYAMI
TU COMPRENDS ?
C'EST CE QUE DISENT LES GARÇONS

?!
HEIN ...
MAIS C'EST VRAIMENT N'IMPORTE QUOI ...
C'EST PAS VRAI ?
NO...
NON !!
tan
STAA
OH NON ...
ET MON NOUVEL AMOUR ?
MA VIE DE LYCÉENNE PLEINE D'ESPOIR ET DE RÊVE ?

ET MA VIE EN ROSE ?
PSS...
QUOI ?
QU'EST-CE QUE VOUS ME VOULEZ ?
JE ...
SBAM

QU'EST-CE QUI TE PREND ?!
C'EST DE TA FAUTE !!
TOUT ÇA PARCE QUE TU JOUES LES GROS DURS ET QUE DES RUMEURS BIZARRES CIRCULENT SUR TOI
DE QUOI TU PARLES ?!
À CAUSE DE TOI, TOUT LE MONDE CROIT QUE JE SUIS TA HUITIÈME COPINE !!
QUOI ?!
MAIS C'EST ELLE QUI A LANCÉ CETTE RUMEUR !
NON, DANS MA VERSION, TU AVAIS TROIS PETITES AMIES
LES CINQ AUTRES NE SONT QUE LE RÉSULTAT DE CE QUE TU AS SEMÉ, BRAVO !
ET PUIS ÇA VEUT DIRE QUOI ÇA, MA "HUITIÈME COPINE" ?!
EUH ...

BOOOUUUH
MA JEUNESSE EST COMPLÈTEMENT FOUTUE !
C'EST QUOI CE DÉLIRE ?
FAIS QUELQUE CHOSE, LA GROSSE !
SI TU ME TRAITES ENCORE DE GROSSE, JE METTRAI DU BEURRE SOUS TES CHAUSSURES TOUS LES MATINS
OUIIIN
Et ça fait BOUM !
!
ÇA GLISSE BIEN
...
QUOI ?!
TOI, MA COPINE ?!
JAMAIS DE LA VIE !
C'EST MOI QUI DEVRAIS DIRE ÇA !
PAR TA FAUTE, JE RISQUE DE NE PAS RÉUSSIR À ME TROUVER DE COPAIN !
SI J'ÉTAIS PAS LÀ, ÇA REVIENDRAIT AU MÊME !
J'Y SUIS POUR RIEN, MOI, SI T'ES PAS ATTIRANTE
QUOI ?!
TU VERRAS, BIENTÔT ...
TU VOIS, C'EST VRAI QU'ILS SORTENT ENSEMBLE
SINON, ILS NE RENTRERAIENT PAS TOUS LES DEUX

DANS CE GENRE DE SITUATION ...
SI LES GENS APPRENNENT QUE JE VIS AVEC KONATSU ...
ÇA CONFIRMERAIT LA RUMEUR
ET DANS CE CAS-LÀ ...
MA JEUNESSE PRENDRAIT FIN ...
DOONNNN
PARS DEVANT ...
JE RENTRERAI PLUS TARD

...
C'EST TOI QUI ME SUIS, JE TE SIGNALE
CHEZ YOSHINO
...
NAKO-NATSU !

* PANIER-REPAS.

EN PLUS, TA SŒUR N'EST PAS LÀ CETTE ANNÉE ...
ALORS CE SERAIT BIEN SI KONATSU POUVAIT T'AIDER
POURQUOI MOI ...
ALLEZ KONATSU !
NOUS AUSSI ON VA VOUS AIDER !
ON VOUS REJOINDRA APRÈS AVOIR FERMÉ LE RESTAURANT
COMME ÇA, ON POURRA FAIRE LE HA-NAMI TOUS ENSEMBLE
...
Tire
Tire
ALLEZ !
ALLEZ ALLEZ !
...
O.K., ÇA VA J'AI COMPRIS !
OUAIS !!
NE TIREZ PAS SUR MA MAN-CHE !!

(4)

Je m'en veux
de ne pas savoir
quoi vous dire !
On dirait pas
comme ça, mais
je suis quelqu'un
de très sérieuse.
Mme Masuko.
Mais qui c'est elle ?

MUAAAH HA HA HA !

J'espère vous
revoir dans
le tome 2 !

Hein ?
Je finis
comme ça ?!

Oui, je vais
manger des nouilles
maintenant.
Mme Masuko.

MUAAAH HA HA HA !

N'importe quoi !

Juillet 2008
Aya

* ENVIRON 8,95 EUROS. ** ENVIRON 16 EUROS. *** ENVIRON 7,05 EUROS.

MERCI !
Maman, il est trop débile
TU SERS VRAIMENT À RIEN ...
LA FERME, SINON JE M'EN VAIS !!
fluuussshh
ET PUIS POURQUOI T'ES VENU, D'ABORD ?
JE ME SUIS DIT QUE JE POUVAIS BIEN FILER UN PETIT COUP DE MAIN
JE SUIS QUAND MÊME NOURRI ET LOGÉ GRATUITEMENT
QUOI ?! TU T'INQUIÈTES POUR ÇA, TOI ?!
J'AI PAS LE DROIT ?!

TU NE DOIS PAS T'EN FAIRE, ON A TOUJOURS PLEIN DE CHOSES À MANGER AVEC LE RESTAURANT !
...
JE NE M'ATTEN-DAIS PAS ...
À CE QUE KONATSU SE PRÉOCCUPE DE ÇA ...
DE TOUTE FAÇON, JE COMPTE PARTIR
HEIN ?
JE VAIS TRAVAILLER ET QUAND J'AU-RAI ÉCONOMISÉ ASSEZ D'ARGENT, JE PARTIRAI
POURQUOI ...
SINON, TU RESTERAS À JAMAIS MA HUITIÈME PETITE COPINE, NON ?

MAIS ...
JE NE T'AI PAS DEMANDÉ DE PARTIR
CETTE SITUATION NE ME PLAÎT PAS À MOI NON PLUS, TU SAIS ?!
VIVRE CHEZ QUELQU'UN !
ET QU'EST-CE QUE TU FERAS ?
KYA HA HA HA
JE VIVRAI TOUT SEUL
ÇA M'ÉTONNERAIT QUE QUELQU'UN QUI N'ARRIVE MÊME PAS À SOUSTRAIRE MILLE CENT-VINGT DE DEUX MILLE RÉUSSISSE À VIVRE TOUT SEUL ...
QUOI ?!
S'IL VOUS PLAÎT ...

OUI !
SPLASH
AÏE !
NAKO ...
TAN
ÇA VA ?!
OUI OUI, ÇA VA ALLER !!
VOUS VOULEZ UN *BENTO*, C'EST ÇA ?
AH ... OUI

SHAF
ALORS ÇA VOUS FERA CINQ-CENT-SOIXANTE YENS* ...
IDIOTE !
C'EST PAS LE PLUS IMPORTANT !!
* ENVIRON 4,50 EUROS.
HEIN ? MAIS LA CLIENTE ...
EH, LES MINUS !!
QUOI ?
QU'EST-CE QU'IL Y A, KONATSU ?
OCCUPEZ-VOUS DU STAND !!

AAH !
MAIS ...
NE T'INQUIÈTE PAS
JE T'ASSURE QUE C'EST RIEN ...
LAISSE-MOI FAIRE
JE ME DE-MANDE VRAIMENT POURQUOI TU TE FORCES TOUT LE TEMPS

JE NE SAIS PAS ...
PEUT-ÊTRE PARCE QU'IL N'Y A PERSONNE POUR M'AR-RÊTER ?
ALORS CE NE SONT QUE DES IDIOTS
PSSSHH

VRAIMENT, JE N'ARRIVE PAS À LE COMPRENDRE ...
KONATSU ...
QUOI ?
TA MAIN ...
HOP
DÉBROUILLE-TOI TOUTE SEULE, MAINTENANT !
HEIN ?

MOI, J'Y RETOURNE
ATTENDS-MOI !!
N'EM-PÊCHE ...
IL ME FAIT TOUT UN SCANDALE PARCE QUE JE L'AI VU DANS SON BAIN ...
ALORS COMMENT POURRAIT-IL CUMULER HUIT PETITES COPINES ?
ET PUIS ...
QUELQU'UN QUI SE SOUCIE DE CE QU'IL MANGE N'A PAS DE VOYOUS À SON SERVICE ...
ET TABASSE ENCORE MOINS LES GENS ...

...
Alors pourquoi se montre-t-il si dur ?
Tout compte fait, Konatsu ne serait-il pas quelqu'un de gentil ?
Ha ha ha ha

SANTÉ !
BEAU TRAVAIL, KONATSU !
ENCORE MERCI !
AH ...
PFF, IL N'A FAIT QUE SERVIR DU THÉ
EH !
JE PLAI-SANTE
MERCI BEAUCOUP !
SI TU N'AVAIS PAS ÉTÉ LÀ, JE NE M'EN SERAIS PAS TIRÉE AVEC CETTE SIMPLE ÉGRATIGNURE
...
C'EST RIEN

...
...
...
TU SAIS, KONATSU ...
SALUT !
ON EST ARRIVÉS !
BONSOIR !
PEG ! SHUN !
HEIN ?
ENCORE TOI ?!
On te voit tout le temps ...
SALUT ♡
C'EST TRÈS BRUYANT ICI
Ouaha
Ha ha ha
CE SONT PRESQUE TOUS DES VOISINS

KONA-TSU !
TU JOUES DE LA GUITARE ?!
HEIN ?!
TU L'AS AMENÉE ?!
MAIS TU FAIS VRAIMENT N'IMPORTE QUOI !!
BAH, C'EST POUR LE HANAMI !
C'EST PAS UNE RAISON !!
OH OUI, VAS-Y KONATSU !
MOI AUSSI JE VEUX T'EN-TENDRE JOUER
LE MEILLEUR GUITARISTE DU MONDE ENTIER ...
JAMAIS DE LA VIE !
NON SEULEMENT IL JOUE TROP BIEN DE LA GUITARE, MAIS EN PLUS, IL CHANTE SUPER BIEN AUSSI !
IL CHANTE ?!

ÇA ME FERAIT VRAIMENT PLAISIR DE L'EN-TENDRE
ALLEZ, MAINTE-NANT QU'ON EST TOUS ENSEMBLE
J'AI DIT NON !!
ET PUIS D'ABORD, Y A PAS D'AMPLI, ON N'ENTEN-DRA RIEN
JE SUIS SÛRE QUE TU CHIPO-TES PARCE QUE T'ES MAUVAIS ...
Crounch Crounch
Glurp
PARDON ?
C'EST JUSTE POUR LA FRIME, HEIN ?
QUOI ?!
ALORS ? TU VEUX TOUJOURS PAS JOUER ?
NYERK
...
O.K., C'EST BON !

C'EST INCROYABLE ...

JE N'AI JAMAIS ENTENDU QUELQUE CHOSE D'AUSSI HORRIBLE
J'AI L'IMPRESSION QUE MES OREILLES VONT SE METTRE À SAIGNER
C'EST ÉVIDENT QU'IL CHANTE FAUX ...
ALORS QUE JE NE CONNAIS MÊME PAS LE MORCEAU
EST-CE QU'ON PEUT AU MOINS DIRE QU'IL JOUE BIEN DE LA GUITARE ?
J'ai un doute ...
C'EST FANTASTIQUE, KONATSU !!
ÇA M'A CARRÉMENT FAIT VIBRER, KONATSU !!
J'EN SUIS TOUT ÉMU !!
HEIN ?
ÇA ME RAPPELLE MA JEUNESSE !!
ENCORE !!
Ouais
Encore
QUEL SUCCÈS ...

ENFIN ...
QUOI QU'IL EN SOIT ...
Bravo Konatsu !
Hum
IL AIME LA MUSIQUE ...
Encore !
Ha ha ha

TU DEVRAIS RIRE COMME ÇA …
PLUS SOU-VENT
Tu connais des génériques de dessin animé ?
Euh non …
Ah !
Si, attends …

JE L'AIME BIEN ...
KONATSU, QUAND IL RIT ...

TU SAIS ...
TU POURRAIS PEUT-ÊTRE TRAVAILLER DANS NOTRE RESTAURANT
HEIN ?
MES PARENTS PEUVENT TE PAYER SI TU LES AIDES
COMME ÇA, TU POURRAS RESTER VIVRE CHEZ NOUS
N'EST-CE PAS ?
ET PUIS, JE TE PROMETS QUE JE NE TE MATERAI PLUS QUAND TU PRENDRAS TON BAIN
J'ESPÈRE BIEN !
DONC ...
NE PARS PAS, S'IL TE PLAÎT

MAIS SI JE RESTE, TU NE POURRAS PAS TE TROUVER DE PETIT AMI, NON ?
...
SI JE N'ARRIVE PAS À ME TROUVER DE PETIT AMI ...
C'EST AUSSI UN PEU À CAUSE DE MON SALE CARACTÈRE
Ha ha
POUR UNE FOIS, TU ES HONNÊTE AVEC TOI-MÊME

MON PREMIER AMOUR ME PARAÎT ENCORE BIEN LOIN
LES CERISIERS SONT DÉJÀ EN FLEURS
J'ATTENDRAI ...
JE NE SAVAIS PAS ...
QUE TU ÉTAIS CAPABLE DE CHANTER EN ANGLAIS
QUOI ?
MAIS J'AI CHANTÉ QU'EN JAPONAIS ...
... HEIN ? AH OUI ?!
À SUIVRE...

À BIENTÔT POUR LE PROCHAIN TOME !
QUOI ?!
KONATSU...
BLUSH
EST AMOUREUX ?!
COURAGE Nako! 2
SORTIE PRÉVUE POUR AOÛT 2010
LE TOME 2 SERA DES PLUS SOMBRES (?)
Gni...

# ENCORE PLUS D'ÉMOTIONS !

# CLÉS DE COMPRÉHENSION

## PAGE 80

**(1) *Donburi* :**

Le *donburi* est un plat traditionnel japonais. Il se compose d'un grand bol de riz sur lequel on dispose toutes sortes de garnitures telles que du bœuf, des tempuras, des anguilles grillées, du chou, du poulet, des œufs, des légumes, etc.

**(2) Tempura :**

Le tempura est une sorte de beignet japonais salé peu calorique. On les trouve à la crevette, au poisson, au porc, aux légumes, etc.

**(3) *Udon* :**

Les *udon* sont une sorte de pâte très populaire au Japon. On les prépare avec de la farine de blé, mélangée à de l'eau et du sel. On peut les consommer chauds ou froids, servis avec divers aliments.

## PAGE 93

**(4) *Dosukoi* :**

*Dosukoi* est le cri de guerre des sumos. Ici, il est utilisé comme le nom du héros d'un téléfilm que Nako et Peg adorent.

## PAGE 137

**(5) *Miaoump* :**

Allusion au magazine de prépublication *Shônen Jump* (en japonais, « *shônen* » est un terme qui désigne les mangas pour garçons), des éditions Shueisha. Ici, l'auteure fait un jeu de mot en associant le mot « *jump* » au miaulement du chat, « miaou ».

## PAGE 159

**(6) Hanami :**

« Hanami » signifie littéralement « regarder les fleurs ». Le Hanami est une coutume traditionnelle japonaise qui consiste à admirer les cerisiers en fleurs au printemps. En effet, de fin mars à début avril, les cerisiers (*sakura*) entrent en floraison dans tout le Japon. Cette coutume de contempler les arbres en fleurs aurait commencé durant l'ère Nara (710-784) avec l'influence chinoise. Aujourd'hui, les Japonais profitent de ce moment particulier pour pique-niquer sous les arbres et faire la fête. Même les médias japonais suivent avec attention la progression de l'éclosion des fleurs en représentant son évolution.

CATALOGUE MANGA

# DU MÊME AUTEUR

DELCOURT

# LOVELY COMPLEX

Un style résolument branché, des personnages hauts en couleur, un parfait dosage de sentiments et d'humour : *Lovely Complex* a tout pour devenir le prochain *shôjo* incontournable ! Risa, une grande perche, et Atsushi, haut comme trois pommes, sont les comiques involontaires du lycée à cause de leurs disputes légendaires. Tous deux complexés par leur taille, ils ont peur de ne jamais trouver l'amour... Et en font forcément des tonnes pour faire oublier leur mal-être ! Amour, rires et complexes : voilà le point de départ du *shôjo* le plus enthousiasmant du moment !

***Lovely Complex* d'Aya Nakahara**
Série complète en 17 volumes ; 192 pages n&b.

First published in Japan in 2008 by SHUEISHA Inc., Tokyo.
French translation rights in France, French-speaking Belgium, Luxembourg, Switzerland and Canada
arranged by SHUEISHA Inc through VIZ Media Europe, SARL, France.
Supervision éditoriale : Akata


Dépôt légal : juillet 2010. I.S.B.N. : 978-2-7560-2170-6
Première édition

Traduction : Stéphane Peschard
Adaptation : Éléonore Cribelier
Adaptation graphique : Erwan Charlès et Myriam Lescop
Conception graphique : Trait pour Trait

Imprimé et relié en juin 2010
Par CPI Aubin imprimeur, à Ligugé.

***www.akata.fr***
***www.editions-delcourt.fr***